빈 소쿠리

이형근 시집

불고문예

"만법귀일 일귀하처"의 종착역은?

조은수 | 서울대학교 철학과 교수

　도시를 떠나 강화도 마니산 자락에 터를 잡은 이형근 시인은 방외거사 수행자이다. 오랫동안 격조하였는데, 그동안 일궈온 내면의 살림살이가 무엇이었는지 이 글을 받아보고 어렴풋이나마 짐작할 수 있었다.

　이번 시집에서 무엇보다도 특이한 점은 숨은 수행자로서 목소리를 낮춰오던 그가 부끄러움을 떨쳐 내고 그동안 닦은 선의 경지를 굵은 목소리로 드러내고 있다는 점이다. 예를 들어 5부 그게 요즘 체로금풍이란다의 첫 번째 작품인 「오랜 도반」의 신의 얼굴을 한 노송老松과 2부 선가록의 다섯 번째에 소개된 「눈밭에 자작나무」의 눈밭 위 알몸의 자작나무는 시인의 구도의 역정을 지켜주는 도반이다. 그런데 이 시인의 삶이 이런 자연을 도반으로 삼아 허허롭게 살고 있는 것으로 끝난다면 이 시의 가치는 절반에 그칠 것이다. 이 글에는 세상의 이치와 깨달음의 이치가 불이不二하다는 것을 알아챙김으로써 세상살이와 수행의 길 어느 하나도 허투루 살지 않는 자기반성의 날카로운 인식이 곳곳에 자리 잡고 있다.

삶과 사유를 치열하게 밀고 가는 시인의 결벽에 가까운 엄격함 속에서도 그의 시는 일상과 주변에 대한 관심으로 언제나 훈훈하다. 그리고 세상의 대상들에 대해 시간과 공간을 넘어 긴밀하게 주의와 관심을 보내는 깊은 애정의 눈길이 있다. 일상 속의 작은 것 속에서 깨달음의 세계를 보는 평상심시도平常心是道의 울림이랄까? 그래서 그런지 그의 시를 읽으면 마음이 편안해지고 그의 시 속에 등장하는 풀과 나무, 작은 동물들과 사물에 대해서 나도 모르게 따뜻한 연민을 느끼게 한다. 하루살이의 시공에는 인간적 시공의 세계를 넘어서 하루살이의 눈으로 보는 하루가 있다. 우리가 삼라만상을 보듯이 삼라만상 속에 우리가 있다. '타는 갈증에 무쇠가 된', '겹주름 속 응얼진 고름이 켜켜이 저리 검붉게' 변한 것이 '영지버섯'이듯이, 시인의 이웃인 벌, 솔개, 모기, 흰구름, 질경이, 씀바귀, 그 속에도 진리가 숨어있다.

그의 시를 읽으면서 마치 도시와 세속에 있으면서 출세간의 경지를 잃지 않았던 유마거사를 생각하게 되는 것은 그래서이다. 시인 스스로 작가 노트에서 밝힌 그의 인생 역정 그것이 바로 한 폭의 구도자의 길이다. 그는 산속에서 태어나 자연 속에서 유년기를 보낸 후 후미진 도시의 산동네 골방에 세를 얻어 자취를 하며 도시생활을 시작했다. 그 후 '맹수들의 정글에서 기업을 일구며' 치열한 도시적 삶을 살았고, 이제 시인 스스로 인도의 생애 주기의 마지막 두번째 단계인 "'임서기林棲期'의 고즈넉한 삶 속에서 시를 보듬고 살고 있다"고 밝히고 있다. 그러나 자석처럼 평생을 붙어있던 '만법萬法은 귀일歸一 하는데 일귀一歸는 하처何處하는가'의 화두를 평생 놓지 않았다. 이같이 세속과 출세간을 오가는 치열한 여정에서 200여 수의 귀한 시가 토해져 나왔고 이번 시집은 이 시들 가운데 일부 작품을 뽑아 엮은 것이다.

평생 책만 파온 본인 같은 사람이 감히 선기禪機가 번득이는 시인의 시와 사유의 세계를 논한다는 것은 감당할 수 없다. 하지만 기업을 일구면서도 치열하게 철학적인 삶과 사유의 세계를 추구해 온 시인의 숭고한 뜻에 찬사를 보낸다. 앞으로도 좋은 시를 통해서 우리의 마음을 맑히는 일을 계속해 주시기를 부탁드린다.

깊은 밤

불 밝혀도

낀 껍데기 두텁다

2020년 만추
강화도 마니산 하늘재에서
이형근 합장

차례

제1부 씨알의 소리

제2부 선가록

제3부 詩人

제4부 가난한 사진관

제5부 그게 요즘 체로금풍이란다

제1부

씨알의 소리

대기설법對機說法

묵은지나 짠지나

한 철 지나야 장독 맛이 드니

간간해지기 전에 맛보지 마라

김빠지면 풋내 나느니

팔도장터를 떠돌다 짭짤해지거든

군내는 속속들이 씻어내고

뱃속에 절여진 그대로 읊조려라

당신만의 뜰이 아니다

가물거리는 놀빛에 움츠린 나무들

너른 뜰에 수북한 늦가을을 쓸지 마라

하얀 님 오시면 속닥이다 포근하게 잠들게다

혹한을 삭힌 속앓이는

싹 틀 때 씨눈에게 옹알이 할 게야

치양지致良知

돌아서면 나고

돌아서면 또 나는 게 풀이라

풀밭에서 한 시절 다 보냈시다

곡물을 잘 섬겨야 격물치지인겨

양지 바른 하곡* 텃밭에서 뒹굴었구먼

요 신간 편한 터가 사리에 맞는 명당이시다

저기 정제두 선생이 굽어보고 계시구먼

* 하곡霞谷 : 인천 강화군 양도면 하일리

죽음의 구원

고이 잠든 몸을 떠나

뭉게구름에 실려 올라간다

이승과 저승 사이 아리랑 길을

저 부름에 종복하는 복락의 안식처로

황천에 영생하는 이십일 그램*의 혼쭐을 위하여

뉴턴의 중력도 종말엔 거꾸로 흩어지려나

* 인간 영혼의 무게가 21.26그램이라는 가설로 1907년 미국의 의사 던칸 맥두갈(Ducan Macdougal)이 의학저널 '아메리칸 메디슨'에 제기한 이론으로 영혼이 물리적 특성을 지닌 물질이라고 주장하였다.

신의 얼굴

들풀에 납신 새벽이슬에

저마다 신들의 얼굴을 보았어요

초름한 풀꽃들의 고향에는

청아한 햇이슬의 영혼에는

저리 반짝이는 윤슬의 원점에도

밤새 반딧불을 보낸 신들이 사시겠지요

시작도 끝도 없이 이어진 이 길에도

구경과 신경

이천여 년 귀에 익은 고전의 싯귀 한 구절

'수고가 많지 않은 자에게

인생은 혜택을 베풀지 않는다'

밥터 머리맡에 써놓고 뱃속에 새기고 사는데

지, 천을 뒤집은 코페르니쿠스의 시계視界가

오백여 년을 돌다가 황금맥을 따라 거꾸로 도니

이제는 경經도 뒤집어 읽어야겠다

씨알의 소리

틈새로 외줄기 빛이

머언 시간의 경계에서 여기에

천둥소리로 이어지는 신들의 무늬를

하늘의 역사로 엮어 마법의 도형이 되었다

하느님이 그린 이 세상은

원근법이 사라진 추상화

마른 벼락

두 눈을 뜨고

내 안을 못 보면서

내 밖의 것은 내 안으로 본다

두 눈을 감고

기껏 내 안으로 밖을 그린다

어두운 밤 여지없이

정수리에 날벼락 치는데

나는 눈뜬장님이다

군상群像

별 나라의 시간에서 우리는

12월 31일 23시 59분 59초에 살고 있단다

초침의 순간에 똥을 잔뜩 싸놓았으니

이웃 별로 떠날 궁리 마라, 제발

삼억 이천 년을 산 바퀴벌레가 본 무리는

겨우 십여 만 년 부지한 호모 사피엔스

그저 한 무더기의 먹잇감 아니겠나

섣달그믐의 속죄

침묵의 독경에

청솔가지 쩌억쩍 등짝을 친다

작은 사하촌을 이룬 장독대

오롯이 밤의 깊이를 갈음하는

대속의 설경雪經만이

너의 본래면목이 무엇이냐

첩첩이 하얀 죄를 묻는다

티베트의 울림
– 각련 스님*에 부쳐

칠흑의 어둠을 헤치고

법고를 떠나는

옴

    옴

       옴

저 태초의 진언에 채운 족쇄를

이천여 년 거슬러 온 당신들의 가르침인

공자의 첫 자왈 천명지위성天命之謂性을

저 설산雪山의 호명呼命을

붉은 깃발이여

듣는가, 듣고 있는가

* 각련覺蓮 스님 : 우학 스님이 창건한 한국불교대학 대관음사 중국 칭다오 도량 주지였다. 한국 경상도 출생의 조선족 비구니 스님으로 22세에 티베트 오명불학원五明佛學院(3만여 학승들이 수행하는 최대의 도량)으로 출가하여 설산에서 13년간 수행 정진한 눈 맑은 납자衲子이다. 중국 해남도에서 3년 3개월 패관 수행을, 한국 수덕사 견성암에서 안거를 마치고 칭다오에서 한국 교민, 조선족 동포 그리고 한족들에게 전법 정진하시다 어느 날 중국 정부의 티베트 불교 탄압으로 폐찰되었다. 스님은 어디론가 떠났고 그 빈자리에 휑한 마음만 떠돈다.

내 속에 나 1

늦가을 밤

적막이 적막을 깨는

칠흑의 시오리 갯벌

썰물 그물 속

저 퍼득임을

내 속에 나 2

긴 고랑에

남은 둔덕 하나 있다면

빈 밭에

내가 풍경이 되는 것

그림이 된 지금

다시 덧칠을 하고 있는

풍경 사진들

아름답다는 것은

물을 빚어 빛을 품은 것

생명은 그렇게 잉태되어

제 형상에 제 소리를 갖는다

사물은 언어를 낳고

언어는 사물을 기른다

사물이 된 언어도 생물이라

쉼 없이 생멸하며

우리의 시간을 이어간다

이 끝없는 시공을

틀에 잠긴 시선으로 담은

서툰 흑백 사진인 것을

하루살이의 하루

하느작이는 한낮

저리 날품팔이를 하는 건가

이슬 한 모금 못 마신 채

생식의 소명까지 혼신을 다하고

죽을 수 밖에 없는 저 하루는

얼마나 긴 긴 시간일까

이것 봐, 저기

한 생이 하루가 되는 오늘을

제2부

선가록

여여如如

물밑 석양에

잔여울 한 자락

결을 타고

갸웃거리는 수련 한 잎

노을을 젓는 물방개

집으로 물질하는 오리들

마삼근麻三斤

스님, 한 철 났는데

저 눈 없는 저울대를

추 없는 저울을 어찌할까요

네놈 불알이나 달아 봬 봐라

거기 E는 mc의 제곱*이라 뜰 게다

* $E=mc^2$: 아인슈타인Einstein의 특수 상대성이론.

경經

이천여 년을 다듬질한

온 누리의 詩들이 다 떠나니

텅 빈 그 자리에

새끼줄로 엮은 소소한 울타리를

거미가 집을 지켜 주네요

경책警策

해 질 녘 해명산*

갯노을에 능선을 타는 까마귀

떼지어 갸악 갸아악

거칠게 빗겨 날며

이놈, 껍데기만 허여멀겋구나

* 해명산海明山 : 강화도 석모도에 3대 관음도량 보문사를
품고 있다. 갯벌과 어우러진 해너미가 절경인데 늘 혜명산
慧明山으로 착각한다.

눈밭에 자작나무

한 잎 한 오라기씩

속세의 때를 말끔히 씻고

고추 바람을 물고 삼매에 드신

모진 알몸의 수행자여

오직 비움만이—

더더욱 맵게 생사를 틀고

다시 안거에 드셨네요

선가록禪家錄

졸고 있는 햇살에

그이는 생각이 없으시다네요

한 천 년 내내

봄 봄날

토굴 1

아무것도 없으니

불편할 게 없다

굴뚝에 연기 피어오르니

모든 게 다 있다

토굴 2

토방에 굴뚝이 없다

찬방이 따뜻한 너른 방이니

조석으로 찬바람 쐴 일이 없다

큰 창에 기대어 볕을 쬐다 졸다

낮달에 좌탈입망하는 오도송

큰스님 산곡을 흔드신다

토굴 3

처마 끝에 낮게 걸린 초승달

풀벌레는 소식마다 처연하고

풍경 울림에 서걱대는 사립문

긴 밤을 엿듣는 골바람

뽀송한 베갯잇 까슬하다

우란분절

중생이시여

백중 공양이 우란이고 분절이네요

촛불도 천향도 삼배도

저마다 보시가 보신이 되어

합장하고 삼보에 귀의하니

용마룻대에 흰 꽃 지지 않잖아요

적멸성불록寂滅成佛錄

일체가 고요하다고

심장 뛰는 소리를 듣는다고

숨 안에 숨을 세다가

바람이 흔들면 쪼그라들면서

그저 바위틈에 한 줄기 풀이야

참뜻

색色이 즉 공空이요

공空이 즉 색色이라

공색空色이 일여一如라, 하시더니

채마밭에 잡초만 무성하네

꽁밥 먹지 말고 풀 뽑으라는

그 말씀의 씀

종소리 1

넘치는 은총에

가득 찬 소리

종루 밑

물망초 잎에 청개구리 한 쌍

햇이슬 머금는 소리

종소리 2

범종의 산울림에

새벽 솔바람 일었어요

한 울에 한숨 씩

온종일 깊어 갑니다

이 뭣고

아침 햇살을 입에 물고

시원하게 해우를 하고 나니

빈 지게처럼 가뿐한 것을

한 움큼 남짓 덜어냈을 뿐인데

벽암록 101칙

장작을 패 봐라 결대로 쪼개진다

가슴을 째 봐라 시커면 속이 보인다더냐

등짝은 구들장을 알고 뱃속은 때를 점지하니

참으로 내 속을 속이지 마라

제3부

詩人

뻐꾸기에게

장곶에 해 떨어지면

너를 위해 울어줄게

이젠 그만 울렴

지금 내가 더 아프거든

말귀를 못 알아들어요

시도 때도 없이

징징대는 것 같지만

시시때때로 다르잖아요

다 이유가 있어요

개들도 풀꽃도 돌멩이도

허수아비 1

지나는 비바람

고스란히

뼛속에 스몄구나

마른 들판에

마주 서 보고 있는

허수아비 2

오방색 소맷자락 휘갈기며

한 철 뙤약볕에 잡귀를 쫓던 사천왕

서릿바람 이는 썰렁한 들판에

밤샘을 한 지친 행색으로

빈 깡통을 들고 동냥을 하고 있다

가을걷이 끝나고 철새가 찾은

휑한 빈집을 지키던 초겨울 농부가

나뒹굴어 섧게 흐느끼고 있다

별나라에 산다

떠돌이별이고파

블랙홀에서 초끈까지

이 혼은 엔트로피 상태

끝없는 카오스의 확장인

나

시월의 그믐밤

이 시린 밤

이슥할수록 심상치 않다

속옷가지를 걸치고 산다는 것이

이 한 줄도

아기복어

물 포대기에

초롱한 까만 눈동자

아까부터 노려보지만

역시 귀엽다

무인도

수평선 저 멀리 떠 있다

강산이 바뀔수록 점 점 더 아득한

꼭짓점 둘

산다는 것은 1

어디선가

꽃가루 묻혀오는

꿀벌처럼

꼼 바지런히

제집을 드나드는 것

산다는 것은 2

제각각 소임을 살다가

집을 못 찾고 객사를 하면

식구들이 맴돌며 노제를 지내주고

물어다 꽃밭에 던지면

가는 것

산다는 것은 3

지난 여름에는

자식들을 튼실하게 키운

가장이었을 텐데

이 참숯도

너뿐이겠냐

별빛 깊어 가니

움츠린 쓰르라미

자꾸 보챈다

세상사 1

이 시끌벅적한 세상에

새봄이 왔다고

어느새 저리 예쁜 집을 짓고

알을 품고 있다니, 뱁새야

굼벵이야, 너도 이젠 깨어나렴

세상사 2

햇볕이 들어차지 못하는

사거리 가로수에 꽃이 피었어요

하늘의 옥탑을 찾아가는 까마득한 불빛에도

전구알을 닮은 꽃들이 피었어요

하늘정원에 아방궁을 차린

그럴만한 가치가 없는 변이된 세상에

미치지 않으려다 자신도 모르게 미쳐가는

더 미친 꽃들만이 살아남겠지요

詩人

홀로

냉이 캐는 여인의

빈 소쿠리

제4부

가난한 사진관

개똥벌레의 詩

툭 터진 詩가 좋다

한방에 박힌 사진첩이다

이름의 무게도 없어 사뿐하다

그대로 볼 뿐이다

한숨 자고 나니 별자리도 바뀌었는데

저 반딧불이를 낮달에는

뭐라고 불러야 하나

가을밤으로 들다

쪽달을 마중하는 강

목선 따라 노을 흐르고

긴 방죽은 수런거리며

어둠을 잇는 생명들 아침을 연다

빛들이 잠드는 홀로 가득한 길

'반달'을 켜는 해금 울림에

달빛도 곤히 잠든다

검버섯

세월의 굴곡을 감당 못한

숨죽인 굴참나무 둥치에 핀 꽃

타는 갈증에 무쇠가 된 살거죽

그 겹주름 속 응얼진 고름이 켜켜이

저리 검붉게 귀하신 몸이 된 영지

 깊게 팬 풍상을 마주한 당신

저토록 그윽한 눈빛으로

그늘을 빠는 맥문동

어둠의 속고갱이를 삼키는

기 쎈 등성이에

청보랏빛 별들이 모여사는 옹골진

여긴 에미 품에 미네르바의 씨내리골

깊은 어둠은 해인海印의 빛이다

환생

돌담 끝자락으로

은비녀 꽂고 몰래 오셨어요

곱디고운, 어쩜

그 보드레한 머릿결을

짬짬이 쓰다듬어 드려

할미꽃, 부르기도 민망하네요

제비꽃

그늘진 곳에서도

날렵도 해라

옹기종기 둥지를 튼

새벽 이슬을 흠뻑 마시고도

앞다퉈 청보라 혓바닥을 내미니

잡풀을 뽑아주며 흥부네가 된다

씨

뜰엔 홍매화 청매실 복사 살구 자두 모과가

둔덕엔 버들이 산수유 생강 산벚 진달래 개나리가

틈새마다 개쑥 개망초 민들레 질경이 씀바귀가 온몸을 비틀고

어젯밤 귀테 간드러지게 흩뿌린 님의 몰씬한 흙 내음에

지난한 겨울을 난 물기 찬 새벽 정수를 뿌렸지요

창

배롱나무는 분단장을 지우는데

벌 나비는 한 폭의 콧노래 한 사위다

느티나무에 햇살이 한낮을 묵어가고

졸만 하면 모기가 죽비를 치는 백로

알찬 밤송이 속살 보유스름하다

솔개가 작은 새 한 마리를 쫓는데

갯바람이 흰 구름을 몰고 있다

다들 제 쓸인데 어떤 쓰임도 없으니

티는 있기도 하고 없기도 하다

자취방의 문패

그곳은 도원동이다

피난민들이 얼기설기 둥지를 튼

복사꽃 활짝 피는 산동네

장독 깨지는 생경한 사투리에

그래도 봄은 생기가 넘쳤지

납부금에 교과서에 구공탄에 군내 나는 김칫독에

꼭두새벽 공중수도에 늘어진 물지게처럼

거기에 하나 더

엊그제 없던 '방 세 놈'

* 1972년 작시

74

소원이 있어요

길고 긴 가난한 겨울
눈꽃이 핀 소복한 외길에서
햇무리를 인 그 애와 마주쳤어요
그날 후 거짓말처럼
그리도 춥던 밤하늘이 따스해졌지요
별 같은 님
님 같은 별
한꺼번에 품에서
어쩌다 어쩌다가 나도 모르게
하룻밤처럼 뜬눈으로 지샌 봄을 맞으며
님의 옆자리가 바뀌지 않게 해 주세요
하느님께 두 손 모아

* 1970년 작시

인동초

암캐가 된 갯바람

얽히어 목마른 날줄을 견디어 낸

인고의 명줄

속을 비웠기에 더 차지게

가녈가녈 하지만 질기게 설킨

다가설수록 질박한 향

그 섬 사람들

병아리는 알고 있을까

까아만 청설모에 밟힌

한 톨의 도토리, 때마침

서릿 댓바람이 제 옷을 덮어주니

안도 밖도 아닌 자궁에 안착해

겨우내 노오란 꿈을 꾼다

홀로 틔워내야 하는데

이쁜 이

걸망을 멘 운수납자처럼

머물지 않는 생을 살고 싶다고

참 예쁘게 얘기하는 여인

텃밭에 싱싱한 푸성귀를 따다가

노랑나비 애벌레에 소스라치더니

밭고랑에 농사꾼 지렁이 한 번 밟고는

다시는 안 온다

봄 시샘

봄동에 앉은 싸락눈

성난 서릿발에 납작 움츠린

깊은 숨

뿌리째 까들어

속 살까지 차곡히 절여지는

달달한 흙 내음

재회

아쉽다

다시 보면

산산이 흩어지는 벚꽃처럼

절정은 한 번뿐인걸

가난한 사진관

詩人은 일인 창업자다

복사를 허용하지 않는 셔터맨으로

좌판의 씨줄 날줄을 엮는 벤처기술자

렌즈가 멈춘 그곳에서

널어진 현상을 올빼미 눈으로 파헤쳐

그대로 사시寫詩*한다

* 중국에서는 詩 쓰는 것[作詩]을 사시寫詩라 함.

제5부

그게 요즘 체로금풍이란다

오랜 도반

그대와 한 세월 둥지를 틀었건만

주름진 무게에 몸져 누워버린

치대는 곁가지가 버거운 짐이 된 지난 밤

드세게 치른 입동 시샘에

한오라기 씩 풀어 낸 진득한 체취를

뱃속 깊숙이 긴 밤을 절인 아침

골진 굴곡이지만 올곧은

나무야 나무야 소나무야

길 위에 사시나무

살을 에는 서릿바람

생의 섭리에 순행하는 오체투지

누군가의 길이 되고 그늘이 되었던

한 생을 오롯이 털어내고

파삭한 고행자의 혼쭐이 되어

지하철 입구로 바스스 몰려드는

헐벗은 사시나무 잎새들

칼바람

목덜미를 휘감은 경칩

아리다, 바람은 얼굴도 없이

이 호두 속알맹이까지 쪼글티니

북극에서 납신 혼이라 인정사정없음이다

요즘처럼 얼굴 없는 시대에

안드로메다에서 심장을 난도질하는

손가락 끝의 쌍검처럼

하리 포구

포구에 걸린 실눈썹 달

기운 실바람에 자락 거린다

새우젓 배에 매달려 노 젓는 마을

희미한 불빛에 잠긴 나지막한 이발소

씻긴 해풍에 명패도 삭힌 사랑채

고려적 시간을 견뎌 낸 여기는 릴리프트 마을

갈매기 떠난 선착장에 닻 내린 뱃길을

시린 불빛에 얹힌 은상어가 날고 있는 석모대교

입을 쩍 벌린 하마가 된 포식자들이

뻘을 이룬 상, 하리의 경계를 좀먹는다

타고난 운명

두툼한 손바닥의 생명선은

올라 가면서 점점 희미해지더니

흔적도 없이 사라지고

선명한 두 줄기 부부선은

찰떡궁합이더니 엎치락뒤치락하다가

실금이 되어 뿔뿔이 흩어진다

어느 스승*

어디 손 좀 내 봐라

두툼한 게 꺼칠하구먼

손바닥에 군살이 박혀야 혀

허허 이놈 타고난 환쟁이 깜이여

그런데 거긴 상여 장터야

피고름을 짜고 짜내서라도

붓을 말리지 마라

* 박진화 화가의 고교시절 스승

동자예수

뭉툭한 주먹코로

섣달 그믐밤 실눈으로

꼼꼼히 다듬다 보듬다

살그래 작아지고 커진다

잠시 한눈을 팔다 낸 생채기

어루달래고 달래다

무딘 끌 가는 대로 마냥 토닥거렸다

동자승이 된 아기 예수가 십자가 품에

곤히 잠들어 있다

잊을 수 없는 꽃

아침 햇살에 수줍게 핀

하얀 개망초

눈여겨보는 이 없건만

어디에서든 소복을 한 채

한韓의 한恨을 품은 이 땅에

다소곳이 망국의 봄볕을 기다린

남새밭에 마음을 둔 터이리라

천벌 2

철장에 옥죈 몸부림들

시베리아를 넘나드는 철새들

내장이 뒤틀려 설사하는 멧돼지들

화염에 휩싸인 사막의 생쥐와 낙타들*

점점 깊은 동굴로 피접 간 박쥐들

살풀이하는 핏발 선 눈빛들**

이젠 같이 사시죠, 제발 좀

*,**는 1집 「천벌 1」에서 일부 인용됨.

여율리*의 생태계

때만 되면 슬그머니 나타나

헛손질하며 텃밭을 헤집다

금잔디밭에 올라 목마를 타면

긴 혓바닥으로 되새김질이나 하며

오장육부가 늘어나는 풀뿌리 포식자들

한 올의 풀섶에 경건한 섭리를 잘 알건만

배짱 두둑한 음, 양의 기 쌈질에

바싹 마르는 밤톨들

* 여율리汝栗里 : 여의도의 옛 지명.

천 년을 우린 차

길 없이 들어 선

마니산 골짝

하늘로 치오르다

시샘하며

막아 선 선바위

석간수 졸 졸

파릇한 이끼로 우려낸

시린 한 모금

방외거사

마른 늪에서 고기를 낚는다냐
늪은 거들떠도 안 본다제
색안경에 먼지나 닦고 있다남
참말로 심안이 뺑 뚫렸다더냐
어물전 고양이 새끼는 아닌겨
거, 걸사乞士 짓거리에 이력이 났구먼
시절이 하도 뒤숭숭허니
굴풋하면 헛것 뵈는 게 당연지사인지라
아녀, 염불력에 땟거리는 헌다는구먼

뜰채를
안에서 들였다냐
바깥에서 들였다냐

공문空門에 안팎이 있다더냐
본래 한 물건도 없는 터라네

허허, 한 탁배기 합세

갈매기의 꿈

새우깡이 들끓는 포구를 박차고 무리를 떠나 하늘을 떠돌다 깊은 산속에 둥지를 튼다

심지에 불을 지피시게

바람이 부냐

그놈 어디로 간다더냐

이미 능선을 넘어

뜬구름 타고 노닌답니다

그래 한 소식했다더냐

(•   )

여보시게, 문사철文史哲아

배꼽에 한 점點이 떠 있으니

점심* 챙겨 드시게

* 점심點心 : 무명無明한 마음에 불을 지필 때

그게 요즘 체로금풍이란다

한 뭉치에 편성되었던 악사들이
공연장 밖으로 썰물 빠지듯 내몰리고
그들 속에서 휩쓸려 나왔지만 멈칫거리는 사이
어둠에 몰리는 저잣거리는 또 다른 열기를 내뿜는다
가파른 뒤안길에 숨겨둘 건더기조차 없는
이 속앓이를, 건반에 놓고 두드려 봐야겠다
늘 익숙한 밤을 오선지에 토해내
빈정거리는 저놈의 골바람을 때려잡아야겠다
빌딩에서 빌딩으로 흐르는 골 때리는 냉기는
내 단단한 각오들을 여지없이 초췌하게 하잖아
빌딩은 치고 오를수록 조현증일지도 모르는 사내들이
노려보는, 변태가 된 도시는 남루한 바짓가랑이만 붙잡잖아
젖은 새처럼 날지 못하는 잠방이를 싹둑 잘라내야겠다
늦가을 시린 가로등에 뿌연 창은 어깃장을 놓지만
구린내 가득한 혀를 날름거리며 밤은 녹초가 되었다
풍금 밑바닥에 오선지가 어지러이 널어졌지만
욕정으로 흘린 침묵은 한 소절도 풀어내지 못했다

미친 듯이 두드려 봤지만 반사음만 엇박자로 떠돌고
이 오피스텔은 장엄한 레퀴엠에 젖은 혼을 찾고 있었다
나는 헛살았다, 살면서 헛것이 되었다
어쩌랴, 새벽 밥상에 홀로 앉아
식은땀으로 삭힌 오롯한 곤쟁이젓이다

없다, 없어

없다, 없어
― 詩人의 시선視線

이형근 | 시인

　서풍이 몰고 온 빗살무늬 물방울이 창을 두드리면 꿉꿉한 천
문에 이놈의 일주문은 여지없이 껄떡인다. 부치미에 탁주 서너
됫박으로 비설거지를 해야 날궂이에 대한 도리리라. 촉촉하게
시향詩香을 띄운 대폿잔을 기울인지도 어언 한세월의 습이 되었
다.

　세상에 흔하디흔한 게 詩人인데 뒤늦게 뭔 詩를 쓴다고, 하던
일이나 잘하지 그것도 중요한 일인데…, 라는 말을 듣는다. 나는
詩를 쓴 것이 아니고 낙서하듯이 끄적인 것들이 용케도 강산이
네댓 번 바뀐 후 빛바랜 대학노트 서너 권으로 남은 것이다.

　산속 외딴집에서 태어나 목가적인 풍경 사진을 보며 유년기를
보냈고 학습기學習期에는 도시의 산동네에서 자취 생활을 했다.
반은 철없었고 반은 생계형 철이 들어야만 하는 후미진 골방에서
숙명적인 고독과 생사의 경계에서 소피스트 흉내를 내며 살았다.

　가주기家住期에는 삼 년여 간 학교에 몸을 담았고 공돌이가 대
장간을 창업하여 삼십여 년 기업을 일구며 맹수들의 정글인 생태
계에서 낯선 이방인으로 살아왔다. 오랫동안 홀로 가는 생을 선
택하여 점점 황폐해 가는 정체성을 찾아 산으로 산으로 돌아치며

‘만법萬法은 귀일歸一 하는데 일귀一歸는 하처何處하는가.’

　자석처럼 붙어있는 화두話頭의 동행에 외롭지는 않았다. 이제 임서기林棲期를 운행하는 고즈넉한 길행은 갱지에 그려진 이백여 수의 詩를 보듬으며 살고 있다.

　인도인의 인생 네 단계에서 유행기流行期가 남아 있지만, 그 길은 그때 가서 선택할 일이고 지금 이 길은 여기까지 온 행로에서 가장 자기다운 길을 가는 중이다.

　　그곳은 도원동이다

　　피난민들이 얼기설기 둥지를 튼

　　복사꽃 활짝 피는 산동네

　　장독 깨지는 생경한 사투리에

　　그래도 봄은 생기가 넘쳤지

　　납부금에 교과서에 구공탄에 군내 나는 김칫독에

　　꼭두새벽 공중수도에 늘어진 물지게처럼

　　거기에 하나 더

　　엊그제 없던 ‘방 세 놈’

　　　　　　　　　　　　　- 「자취방의 문패」 전문

　누군가 내게 왜 사느냐고 묻는다면 어쩌다 세상에 온 죄로 사

103

는 것이고 살아온 죄로 죽어야 하는 것뿐인데 사는 건 오롯이 사는 게 목적이라, 뱉는다. 그 길행에서 이런저런 사연으로 마주친 인연을 단촐하게 안으로 들여, 가던 길을 가는 것이라고.

어디선가

꽃가루 묻혀오는

꿀벌처럼

꼼 바지런히

제집을 드나드는 것

– 「산다는 것 1」 전문

제각각 소임을 살다가

집을 못 찾고 객사를 하면

식구들이 맴돌며 노제를 지내주고

물어다 꽃밭에 던지면

가는 것

– 「산다는 것 2」 전문

나의 詩는 이런 생사관의 행각에서 노가리 한 줄 구워 한 탁배기 들이키며 스치는 인연들에 토설하는 독백으로 詩를 쓴 게 아니라 그저 살아온 것뿐이다.

까아만 청설모에 밟힌

한 톨의 도토리, 때마침

서릿 댓바람이 제 옷을 덮어주니

안도 밖도 아닌 자궁에 안착해

겨우내 노오란 꿈을 꾼다

홀로 틔워내야 하는데

　　　　　　　　　－「병아리는 알고 있을까」 전문

도토리가 청설모 손발 덕에 제 집터에 묻혔다. 때마침 납신 댓바람에 낙엽을 덮고 겨우내 따스했는데 남풍에 단단한 껍질을 깨고 병아리와 같이 봄 햇살을 쬘까, 저 껍질을 뚫는 힘은 뭘까, 한 줄의 글로 파헤쳐질까, 홀로 틔워내야 하는데…….

참 많은 탐구를 하며 타자와의 상관성을 투사하느라 애쓴다. 순간에 포착된 것을 미지의 세계에 던져놓고 그 현상과 자아의 충돌을 새로운 발견이라 하는데 詩는 제 현상의 연기緣起에 대한 질문으로 답이 없는 궁구의 언어이다. 단지 허공에 던졌다, 툭 끊어지는 맥락으로 시공을 열어 누군가의 가슴에 비출 수 있다면 그뿐이고 독자가 자기 감성으로 詩를 읽는다면 그는 詩人이다.

장곶에 해 떨어지면

너를 위해 울어줄게

이젠 그만 울렴

지금 내가 더 아프거든

―「뻐꾸기에게」 전문

아픔은 여느 아픔으로 치유되고 사랑은 애달픈 이별에 이르러서야 완성된다. 두두물물頭頭物物은 신비롭기 그지없고 스스로 그러하지만 고통을 견뎌내는 속에서 잉태되고 다시 고통스럽게 마감된다. 불법에 사성제 고苦·집集·멸滅·도道는 고타마 싯다르타가 생사를 건 고행으로 깨달은 사자후처럼 산모와 같은 진통이 없는 환희는 물거품인 것을. 다만 타자에게 투사된 주관으로 미화될 뿐 자연과 화자는 대상으로부터 일 순식도 못 벗어나니 내 속에 갇힌 나를 쓸어내고 쓸어내야 한다.

늦가을 밤

적막이 적막을 깨는

칠흑의 시오리 갯벌

썰물 그물 속

저 퍼득임을

- 「내 속에 나 1」 전문

거친 풍랑을 헤집다 그물 속에 갇힌 물고기, 그때 실체인 나를 보게 되는데 지은 업業을, 그 상相을 내려놓아야 여실지견如實之見 해 진다. 그런데 이미 본 것을 미학적으로 보라니 도대체 아름답고 추한, 그 기준은 무엇인가. 한마디로 경계를 짓는 것은 무명無明에서 오는데 형식이나 분별로부터 벗어나야 여여如如한 것을.

물밑 석양에

잔여울 한 자락

결을 타고

갸웃거리는 수련 한 잎

노을을 젓는 물방개

집으로 물질하는 오리들

- 「여여如如」 전문

아름답다는 것은

물을 빚어 빛을 품은 것

생명은 그렇게 잉태되어

제 형상에 제소리를 갖는다

사물은 언어를 낳고

언어는 사물을 기른다

사물이 된 언어도 생물이라

쉼 없이 생멸하며

우리의 시간을 이어간다

이 끝없는 시공을

틀에 잠긴 시선으로 담은

서툰 흑백 사진인 것을

―「풍경 사진들」 전문

詩와 詩語는 자연과 인생에 대한 어쩔 수 없는 표방이고 표절 아닌가. 누군가에 의해 발현된 언어를 자기체화自己體化하여 다른 시각으로 생명을 불어넣는 시간의 행려자行旅子이다. 숨은 언제나 현재 진행형이고 호흡 명상은 이 순간에 머무는 수련법으로 지금 일어나고 있는 나를 생생하게 투시하는 것인데 시간에 머묾이 없듯이 언어로 고착된 상相을 쳐내야 한다.

언어에는 무수한 그림자가 있어 살아서 숨쉬기도 하고 숨어서 엿보기도 하여 언어로 쌓여 있는 나를 해체 시켜야 한다. 언어를 관통해 언어를 부정해야 하는 것이다. 금강경에 응무소주이생기심應無所住而生基心이라 했고 임제 선사는 수처작주 입처개진隨處作主 立處皆眞이라 했지 않는가. 순간에서 영원으로－, 라는 말이 있지 않는가. 좋은 詩는 詩人의 상상력을 독자의 상상력으로 키움이며 미려하거나 난해한 詩보다는 세상맛 깃든 詩가 좋지 않겠나. 연인과 오솔길을 걷듯이 도반과 막걸리 한 잔 하듯이 인생이라는 노점상에 떠도는 얘기를 찾아가는 행로인 것을.

떠돌이별이고파

블랙홀에서 초끈까지

이 혼은 엔트로피 상태

끝없는 카오스의 확장인

나

　　　　　　　　　　－「별나라에 산다」 전문

보고 듣고 느낀 것을 형상形狀과 비형상非形狀, 불변不變과 상변常變의 프리즘에 얹혔다. 맑았다 흐렸다 천둥, 번개 치는 카오스에 몸서리치는 것들, 성주괴공成住壞空의 끝없는 현상들은 자기 생성의 과정일 뿐 화이트 헤드White head의 유기체적 세계관이고 주역周易의 생생지위역生生之謂易이다.

어쩜 내가 詩를 쓰는 이유는 삼라만상에 대한 궁금증을 세상에 던지는 질문으로 늘 자신의 그림자를 반조하는 습의 현상화일 게다. 비바람에 씻기며 체득한 그 아는 것을 버려야 한단다. 아는 게 모르는 것만도 못하다 하니, 이데아Idea로 뭉쳐진 실체와 현상을 쳐내려면 자아ego인 잠재의식(유식唯識의 제7식인 마나식)으로부터 몸의 요구(욕慾,libido)에 자재한 나를 찾아가야 하는데 진정 이 몸뚱이를 모르지 않냐. 온몸을 돌아 쓰고 짜낸 똥 냄새가 나 아닌가.

두 눈을 뜨고

내 안을 못 보면서

내 밖의 것은 내 안으로 본다

두 눈을 감고

기껏 내 안으로 밖을 그린다

어두운 밤 여지없이

정수리에 날벼락 치는데

나는 눈뜬장님이다

- 「마른 벼락」 전문

글쎄 몸은 오관을 갖춘 거울 같은 것이라 비친 그대로 맑은 눈으로 보는 것의 총화일 것이다. 자연과 인생의 빛과 소리를 일체화시키는 게 詩人의 작업인데 언어의 허상으로 잠식된 정수리에 벼락(금강金剛의 본뜻)이 내리쳐야 언어의 인식을 통해서 생성된 것들이 무상無常함을 안다.

툭 터진 詩가 좋다

한방에 박힌 사진첩이다

이름의 무게도 없어 사뿐하다

그대로 볼 뿐이다

한숨 자고 나니 별자리도 바뀌었는데

저 반딧불이를 낮달에는

뭐라고 불러야 하나

- 「개똥벌레의 詩」 전문

그래, 한 소절 하셨는가. 사랑도 해봐야 아는 것처럼 삶은 모방이 안되는 예술이고 이 세상 최고의 詩는 자기다운 삶이고 결국 삶과 죽음에 대한 절제된 소리 아닌가.

지나는 비바람

고스란히

뼛속에 스몄구나

마른 들판에

마주 서 보고 있는

－「허수아비 1」 전문

우리는 허수아비를 용병으로 쓰고 있지만, 그가 우리를 보며 얘기하고 있지 않는가. 네 삶이, 내 삶이 다르지 않다고 들판에 허수아비처럼 온갖 풍상(「허수아비 2」)을 헤치며 말하지 않으면서 더 많은 것을 말해야 하는데, 이는 언어를 끊어 냄으로써 언어를 읽어내는 시야가 열린다. 범상한 언어로 범상하지 않은 공간을 여는 건 시인의 몫이고 그 틈새를 읽어 새로운 의미로 완성시키는 건 독자의 몫인 것을.

한 뭉치에 편성되었던 악사들이
공연장 밖으로 썰물 빠지듯 내몰리고
그들 속에서 휩쓸려 나왔지만 멈칫거리는 사이
어둠에 몰리는 저잣거리는 또 다른 열기를 내뿜는다
가파른 뒤안길에 숨겨둘 건더기조차 없는
이 속앓이를, 건반에 놓고 두드려 봐야겠다
늘 익숙한 밤을 오선지에 토해내
빈정거리는 저놈의 골바람을 때려잡아야겠다

빌딩에서 빌딩으로 흐르는 골 때리는 냉기는
내 단단한 각오들을 여지없이 초췌하게 하잖아
빌딩은 치고 오를수록 조현증일지도 모르는 사내들이
노려보는, 변태가 된 도시는 남루한 바짓가랑이만 붙잡잖아
젖은 새처럼 날지 못하는 잠방이를 싹둑 잘라내야겠다
늦가을 시린 가로등에 뿌연 창은 어깃장을 놓지만
구린내 가득한 혀를 날름거리며 밤은 녹초가 되었다
풍금 밑바닥에 오선지가 어지러이 널어졌지만
욕정으로 흘린 침묵은 한 소절도 풀어내지 못했다
미친 듯이 두드려 봤지만 반사음만 엇박자로 떠돌고
이 오피스텔은 장엄한 레퀴엠에 젖은 혼을 찾고 있었다
나는 헛살았다, 살면서 헛것이 되었다
어쩌랴, 새벽 밥상에 홀로 앉아
식은땀으로 삭힌 오롯한 곤쟁이것이다
　　　　　　　－「그게 요즘 체로금풍이란다」 전문

'장 보드리야르는 현대라는 극한 성과주의 사회에서 현존하는 모든 시스템은 비만 상태라고 한다. 정보 시스템, 커뮤니케이션 시스템, 생산 시스템 모두 비만 상태로 자기 정화 능력 즉 면역체계가 상실되어 무반응 상태라 한다.' 우리는 스스로 가해자이면서 피해자인 시뮬라크로Simulacra이며 끝없는 경쟁으로부터 자기 착취를 하는 피로 사회에 부표도 없이 던져졌다.

하지만 한 시대적 현상인 아방가르드Avant-garde나 다다이즘적 詩는 지양하는 것이 바람직하지 않겠나 싶다. 개방시대에 수입된 학문, 과학, 기술, 문화, 예술 등으로 여기까지 왔으니 이제 정체성을 잃고 범람하는 것들로부터 우리다운 것을 찾아가야겠다.

이천이십 년, 우리에게 한가지 희망이 있다면 밤하늘에 반짝이는
별들에게 물으면 지구촌의 잡초이고 싶지 않겠나.

쪽달을 마중하는 강

목선 따라 노을 흐르고

긴 방죽은 수런거리며

어둠을 잇는 생명들 아침을 연다

빛들이 잠드는 홀로 가득한 길

'반달'을 켜는 해금 울림에

달빛도 곤히 잠든다

　　　　　　　　　　　　　　 －「가을밤으로 들다」 전문

詩에서 훈습薰習된 자아自我를 해체하고 현상을 고정관념으로부터
해방시키는 것은 수행자의 비움 만큼이나 어려운 작업일 것이다. 어
쩌면 138억 년이란 시간의 역사에서 우리에게 학습된 언어는 신과
같은 존재 자체이기에 자연계의 생멸 자체가 본래 자성이 없는 공空
(본무자성本無自性)함을 아는 것이야말로 우리 詩의 본연本然이며 선
禪이라 하겠다.

일체가 고요하다고

심장이 뛰는 소리를 듣는데

숨 안에 숨을 세다가

바람이 흔들면 쪼그라들면서

그저 바위틈에 한 줄기 풀이야

–「적멸성불록」 전문

선禪은 알다시피 불립문자不立文字라 하는데 의구심이 의구심을 뒤집어쓰고 허비하는 시간들, 저 들판에 흔하디흔한 강아지풀에 새벽 별이 쏟아지는 천지의 기운을 알랴. 범아일여凡我一如라, 나는 누구인가. 들숨은 생이고, 날숨은 멸이다. 매 순간이 생이고 멸이다.

나는 매 순간 나를 만나는데 오온五蘊의 가합假合인 나[無我]를, 나는 무구한 세월에 촌각(「군상」)을 스쳐 지나는 제행무상諸行無常의 길행자 아닌가. 그 무아의 회향은 무아행無我行 이어야 하듯이 무아행의 궁극에 자비가 없다면 무슨 함의가 있겠는가.

졸고 있는 햇살에

그이는 생각이 없으시다네요

한 천 년 내내

봄 봄날

–「선가록」 전문

언어의 시공간에 일음일양一陰一陽하는 모든 존재의 호흡 속에 신이 있다. 그 숨 속에 신이 나[凡我]이다. 하여, 나는 유무상생有無相生하는 존재다.

바람에도 골이 있어야 바람이다. 어느 詩人의 '바람도 구멍이 있어야 운다' 그것을 고요히 꿰뚫어 보는 게 선禪이다. 詩[言에 寺]는 본디 도량의 언어, 굳이 詩라고 말하지 말자. 굳이 詩人이라고 말하지 말자.

홀로

냉이 캐는 여인의

빈 소쿠리

— 「詩人」 전문

별빛 깊어 가니

움츠린 쓰르라미

자꾸 보챈다

— 「너뿐이겠냐」 전문

詩人의 언어 또한 언어도단言語道斷이어야 한다. 아기 엄마가 아기를 생각하는 그 본 마음 자체이고 채울 것도 비울 것도 없는 애당초 빈 소쿠리일 뿐이다. 늦가을 별빛과 쓰르라미와 화자의 시공간은 동일체이니 언어는 언어 이전의 느낌이 먼저 닿아야 자연과 합일치 된다. 그것이 언어의 순수성이고 굳이 언어의 태성胎性이라, 표현하고 싶다.

본 시집에서 詩人의 길은 중국 당,송 때의 선시禪詩나 사백 년전 일본의 하이쿠나 우리의 선시를 두루 살펴보고 지적 밀집도에 지친 이 시대의 화자를 찾아가고 있다. 과거와 현재와 미래는 한 점으로 연결되어 있는데 천년 너머 담금질 된 우리 선어禪語의 숨결이 잠들어 있어 안타깝다. 지난한 길에서 비틀어진 듯한 공空·허虛·무無를 외기外氣에서 내기內氣로 끌어당기는 것이 본 작업이다. 함축의 미학으로, 외줄을 타는 도시의 경계인들에게 툭 던지는 독백으로 아픈 명제들을 던지고 있다.

詩의 길을 갈 것이냐
道의 길을 갈 것이냐
이를 담는 인생의 길을
여기, 길에서 길을 묻고 있다.

2쇄에 부치며 –

망망대해에

거친 풍랑을 헤치며 살아온 삶입니다.

누군가 무엇을 일구는 일이

얼마나 지난한 길인지 알기에

인지세 전액을 불교문예에 보시합니다.

이형근 합장

불교문예시인선 • 035

빈 소쿠리

©이형근, 2021, Printed in Seoul, Korea

초판 1쇄 발행 | 2020년 11월 10일
　　2쇄 발행 | 2021년 04월 05일

지은이 | 이형근
펴낸이 | 문병구
편집인 | 이석정
편　　집 | 구름나무
디자인 | 쏠트라인saltline
펴낸곳 | 불교문예출판부

등록번호 | 제312-2005-000016호(2005년 6월 27일)
주　　소 | 03656 서울시 서대문구 가좌로 2길 50
전화번호 | 02) 308-9520
전자우편 | bulmoonye@hanmail.net

ISBN : 978-89-97276-47-9(03810)
값 : 10,000원

＊잘못된 책은 바꾸어 드립니다.
＊지은이와 협의하여 인지를 생략합니다.
＊이 책의 판권은 지은이와 불교문예출판부에 있습니다.

이 도서의 국립중앙도서관 출판예정도서목록(CIP)은 서지정보유통지
원시스템 홈페이지(http://seoji.nl.go.kr)와 국가자료공동목록시스템
(http://www.nl.go.kr/kolisnet)에서 이용하실 수 있습니다. (CIP제어
번호 : CIP2020047536)